저렇게 간드러지게

시와소금 시인선 · 057

저렇게 간드러지게

백 혜 자

시와소금

| 시인의 말 |

늘 지켜보는 것들

비틀대는 나를
빈 아카시아 숲에 든 저녁 해가
눈이 둥그래서 내려다본다
가슴 찡한 감동이 스쳐간다
늘 지켜보고 있었구나!
겨울바람과 함께 흔들리며
또 하루를 보낸다
내 곁을 지나 사라져 가는
가슴 찡한 것들
긴 여운들
그것들의 증인이 되고 싶었다
내가 느낀 희로애락
마음에서 물결치는 그것들!
하지만 쓰고 나면
한 줌 모래가 되는 나의 시
그 부족한 시편을 엮을 수 있도록
도움을 주신 이들에게
감사를 드린다

2월 춘천에서
백혜자

| 차례 |

| 시인의 말 |

제1부 자두를 털다

제2부 불면

제3부 사이가 있어

제4부 누이가 와?

작품해설 : 박해림

제 **1** 부

자두를 털다

틈새시장

오르막 산길
떡 버티고 앉아 있는 바위 틈새로
언제 뿌리를 내렸나
진달래꽃이 피어 한들댄다

맨주먹으로
견고한 틈새시장을 뚫고 자리잡은

순이네
옷가게 같다

나비 반 꽃 반

어디서 모여 들었나?
저 많은 흰나비…

온 몸으로 꽃을 피운 새하얀 쥐똥나무엔
나무를 떠메고 갈 듯
펄럭이는 나비 반, 꽃 반

작년가을 볼품없이 말라붙었던
쥐똥나무 열매 속에

이렇게 황홀한 순간들이
예비 되어 있을 줄이야!

이렇게 마구 솟구치는
향기의 샘이 숨어있을 줄이야

고소한 봄

햇살이 들기름처럼 깔린다
산동백꽃들 노랗게 부풀어 오른다
노랑나비 한 마리
꽃 위에 앉는다
솜씨 좋은 봄님이
여기 저기
부쳐놓은 화전
봄이 고소하게 익어간다
술 한 잔 걸친 듯
산딸기 가지들이 빨갛다

시냇가 둥근 돌

멀고 먼 구도의 길

온갖 풍상 다 받아주고
알처럼 고운 몸을 얻었구나

물결무늬 바람무늬
몸에 새겨 넣었구나

모든 감각을 버린
희고 둥근 커다란 알

몸을 기대니 전해오는
편안함

나는
알에서 나온
한 마리 새끼처럼

새파란 시냇물에
처음인 듯 발을 담근다

고추잠자리

잠자리 한 마리
빈 벤치에 홀로 주저앉아 있다

동그란 눈을 멍하게 뜨고
양 날개를 비스듬히 내리고 있다

가냘픈 잠자리 날개에
무거운 가을이 실려 있다

잠자리 날개처럼
비스듬 내려앉는 앞날이 무겁다

들판에 가을이 몸 밖으로 흘러나온다

상고대

적막이 감도는 유택을 에둘러
혹한이 몰아친 뒷산

크고 작은 은빛나무들이 반짝이며
줄지어 서 있는 그늘진 산기슭

추운 그늘은 은빛나라를
종일 품고 있었구나!

세상에 모든 눈물이 떠돌다
그 곳에 하얗게 얼어붙어 반짝거리는가?

소음을 먹어버린 겨울 숲
새들은 어디로 갔는지 보이지 않고

내 숨결이 날아가 따뜻하게 닿을 때마다
은빛 날개를 팔락이며 내려앉는다

달

홀로 가는 이슥한 가을 길이

어찌 그리 환하십니까?

입동

좌탈입망*한 낙엽 향기
그윽한 숲길을 걷는다

잎사귀들이 저렇게 많았었나?
나무를 떠나 숲을 덮는다

우주에 온몸을 맡긴 채
바람의 날개를 달고

사뿐사뿐 떨어지는
저 가벼운 죽음의 축제!

갓 깨어난 나방 한 마리
어쩔 줄 모르고 날고 있다

* 좌탈입망(坐脫立亡) : 단정히 앉아서 해탈하고 꼿꼿이 서서 열반함

자두를 털다

자두를 털었다
각종 벌레들이 함께 털렸다

한창 무르익은 과즙을
파먹고 있다가

무방비 상태로 떨어져
우왕좌왕
도망가기에 바쁘다

황홀한 과즙을 먹은 대가로
가냘프고 작은 몸들이

더러는 발에 밟히고
더러는 몸에 기어오르다
얻어터진다

달콤한 자두와 함께

거기가 지옥인 바구니에도
멋 모르고 쫓아간다

보호색

발아래
각시둥굴레 피고
새싹 돋은 싸리나무 가지 속
죽은 가지에도
한 잎 초록 잎이 돋아
살아 있나
들여다보니

연둣빛 납작한 벌레 한 마리
찰싹 붙어있어
초록 이파리 같다
빙긋이 웃으며 속아준다

나의 숫한 위장도
그냥 속아준 하느님
감사합니다

가을

무작정 전봇대에 기어 올라가

전깃줄에 푸른 생명을 입히던

담쟁이 넝쿨손에 빨갛게 피가 맺혔네

휘파람새

숲에서 누가 휘파람 분다

산모롱이 돌아
큰 나무 뒤에 숨어도
휘파람 소리 따라 온다

너
내 소녀시대
나를 꼬드기러 따라오던
그 소년처럼
산전수전 다 겪고
마침내 아무도 보고 싶지 않은데

왜 자꾸 부르니?

느티나무

오동통한 연노랑 잎들을 가득 안고
날빛에 반짝이는 우람한 느티나무
그 빛나는 어린 봄!

나는 그 빛에 끌리어
멈추어 서서 바라보고 또 바라본다

그렇게 우람한 몸에서
그렇게 연한 잎을 분출하는
가슴 뛰는 하느님의 선물을…

해묵은 내 몸도
어느새 나무의 오동통한 햇잎이 마구
솟구치는 듯, 연노랑 광휘에 물들어…

까치수염

여름 풀밭에
까치수염이 피었다

놀라워라
수염에 꽃이 피다니

하얗고 쬐꼬만 꽃송이들이
종종종 빈틈없이 박힌 까치수염

어느 조상님 이 이름 지었나?
유머도 많으셔라

고 앙증맞은 꽃송이들을
까치의 수염에 붙여 주시다니

토끼 똥

토끼가 토끼장을 빠져나와
여기 저기 동글동글한
똥을 흘리고 다녔다
도시에서 온 어린 것들이 나와 놀다가
무슨 큰 보물이나 발견한 듯
토끼 똥을 주워
앙증맞은 두 손으로 쏟아질세라
조심조심 들고 다닌다

하긴 토끼만 만들 수 있는
그게 보물은 보물이다, 얘들아

키 작은 떡갈나무

산비탈 오르막길에
사람들의 손때 묻어

허리가 반들반들한
키 작은 떡갈나무 한 그루
뿌리는 솟아나 뽑힐 듯한데

그 와중에도
파란 도토리 몇 알을
꼭 움켜쥐고 있다

점집의 목련

겨우내 천신보살님 댁 쓸쓸한 마당에
목련꽃 가득 피었다

겨울을 걷어내고
천신이 하강하신 듯 눈부시다

사주, 운세, 택일… 보살님 댁 간판은
행운을 가져다 줄 듯, 액운을 막아줄 듯 더욱 영험해 보이고

"마쿠툽"

목련꽃을 마당 가득 피우고
들어오라 하시는 듯…

복채도 없이 그 안을 들여다보다 마음 환해져
지나가는 오늘 받아든 운세는 새하얀 목련꽃

* 마쿠툽 : 이미 씌어 있는 말

새

새들은 단 한 벌의 옷으로

한 생애를 아름답게 날아다니는구나!

무슨 소릴까?

무슨 소릴까?
소곤소곤소곤소곤

소리를 따라가니

겨우내 퍼렇게 얼어있던
회양목에서 소리가 난다

아직 봄은 멀었거니 하는 사이
바람 불고 눈 내리는 사이로

회양목 파릇한 꽃을 피우고
그 속에 가득히 벌을 불렀다

어느 지름길로 왔을까?

몰래 와 바람 속에서
나를 부르는 새봄 한 그루!

그 말 한 마디

내가 제일 "예뻐하는 이 사람"이라고
나를 소개하는 당신의 말이

종일 나를 예쁘게 합니다

청색 아지랑이처럼 아른아른
나를 휘감아

내가 보아도 예쁘지 않은 내가
종일 예뻐 보인 하루입니다

바람에 묻히다

하늘 중턱에 걸터앉아
땅을 내려다보니

멀리 보이는 북녘 산줄기 화장터
누군가
한 줄기 연기로
흩어지고 있다

가을 풀밭은 울음 터
바람이 불 때마다 울며 절하는데

누가 저리도 가볍게 날아가고 있을까?

연기 사라지는 화장터 능선에
한 줄기 연기로
바람에 묻히고 있다

제 **2** 부

불면

새끼발가락

새끼발가락이 부러져
치료받고 오는 길

문 앞 그늘에서
다리 아프니, 하고 의자가 올려다본다

아파봐야 깨닫는 것
아쉬울 때만 찾는 것

내 무관심 속에 나를 떠받들고
있는 것 너무 많구나

낡고 닳아진 의자에 앉아
내 몸 끝 마라도 같은 새끼발가락을 본다

마취에서 깨어나자
발가락이 아픈데 온몸이 쑤신다

노을 하느님

꼴사나운 것들
혼자서 중얼 중얼 중얼 중얼…

종일 뒤틀린 심사를 곱씹으며
뒷동산에 오른다

오르막길 숨이 차
무심히 겨울나무에 기대어 선다

받쳐주는 든든한 느낌에
올려다보니
"불쌍한 것"
하며 내려다보신다

때마침 강을 건넌
저녁 해가
사르르 올려놓는 노을

나무 하느님!
노을 하느님!
불러보다가…

봄에게 실연당하다

별별 꽃가루
날리는 봄날
꽃가루를 마시고
미열에 들떠
콧물이 줄줄 흐른다

무심히 하늘을 보니
구름도
꽃가루를 마신듯
열에 들떠
콧물을 흘리며 간다

내 몸이 아프니
쳐다본 구름도 아프다

약을 먹어 무엇하리

봄바람 불 때마다 마구 쏟아지는

꽃가루, 꽃가루…

하염없이 쏟아지는 콧물을 훌쩍이며
봄에게 실연당한 나는…

삼겹살집 간판

삽자루 집이라 쓴 간판 위에서

뚱뚱하게 살찐 돼지가 사람 옷을 입고

한 삽 가득 불을 퍼들고

어서 나를 구워 먹으라고 웃고 있다

나무박물관에서

각양각색의 나이테를 드러낸 나무토막들이
잘 다듬어져 진열되어 있다

동그랗게 이어간 나이테의 신비로운 트랙이
CD 같다

저 나이테를 돌리면
얼마나 많은 제목의 노래가 흘러나올까?

끝없이 흐르고 있지만
들리지 않는 깊은 침묵의 노래

동그란 외눈 같은 나이테를 향해
그믐달처럼 떠올라 가만히 귀 기울여 본다

모든 피조물은 하느님이다*

눈보라치는 아침
갈매기들이
칼바람 부는 바다에서
거친 파도를 타고 다니며
무리지어 아침을 먹는다
갈매기만 할 수 있는
한겨울 바다의 저 경쾌한 아침식사
"하느님을 드러내는 곳에서
하느님은 하느님이 되신다는 그 분의 말씀"을
겨울바다 갈매기들이 먹고 있다

*'마이스터 액카르트'의 설교집에서

유기견

주인이 버린 비루먹은
유기견 한 마리가 나를 따라 온다
어둑어둑한 외진 길이 난감한지 바싹 붙어서
따라온다
뒤돌아보면 멈춰 서서
슬픈 눈을 하고 간절히 올려다본다
이따금 오줌을 찔끔거리며 따라온다
어디서 본 듯한
그 간절한 눈빛이며 순진한 믿음

오래 전 믿었던 너에게 버림받은
내 몰골이 저랬었나?

불면

시름이 천 근이어서 잠 못 드는 밤

마음아, 나를
깊은 잠 속으로 데려가 주렴 애원하면

뒤척이던 몸이 마음에게 속삭입니다

"마음아, 네 시름이 천 근이어서
내 몸은 만 근이란다"

만 근이 된 몸이
천 근의 시름을 진 마음에게 애원하며

주거니 받거니
밤을 하얗게 지새웁니다

당신 잊지 마

솜털날개를 단 풀씨가
봄바람 타고

너울너울 날아간다

언젠가
썩어 진토 된
나, 어느 풀씨에 스며들 때

나, 그 곳에서 꽃이 펴
당신을 바라볼 때

당신 잊지 마
나, 그 사람이었다는 걸

하루살이

어스름녘
호숫가로 나아갔다가
하루살이들이 뒤엉켜 둥글게 둥글게
공중을 구르며 춤추는 것을 보았다
하루살이 수컷들이 암컷을 유혹하는
바로 그 단체공연이로구나
하룻밤에 태어나 그 이튿날 죽는 하루살이라
말하지 말라
석탄기의 날개달린 최초의 곤충* 중 하나,
지금껏 번성했고 인류가 망해도
길이 살아남을 하루살이란다
오래 산다고 뽐내던 것들
지구상에서 다 사라질 때
저 보잘 것 없는
하루살이는 길이 살아 남는다니
내 앞에서
빙글빙글 춤추는
인간은 따라할 수 없는

하루 살고 영원을 이어가는

불가사의 삶을 들여다 볼 뿐…

*' 스콧R쇼 지음' 곤충연대기에서

만족한 임대료

직박구리들이
우리 집 정원으로 출근하셨다

리모델링해 둔 오얏나무 사무실이
떠들썩하다

무슨 회의를 하는지
한참을 삐이오, 삐이오, 삐
삐…삐… 저희끼리 주고받는 사이로

아침 햇살이
마술가루처럼 쏟아져 내린다

오얏나무 사무실엔 몽글몽글 꽃망울이 가득
맺혔다

이윽고 무슨 의식을 치르시나
마당 가득 펄럭 펄럭 날아 빙빙 돌다

다시 앉는다

직박구리 나무에 앉아
파릇한 봄을 지저귀며, 펄럭이는

저 활기로 지불하는
만족한 임대료!

제비꽃 나이

아련히 연무가 끼어 있는
봄날 같은 가을에는

시들어 가는 풀 밑동에서
여린 새싹이 돋아나고

땅 위에 납작 엎드려
가녀린 민들레, 제비꽃이 피네

이런 날은 아직도 당신 생각에
엽서라도 띄우고 싶은 마음!

추억은 봄 미나리처럼 새파랗게 돋아나고
생각은 나비처럼 가볍게 나르네!

젊은이여, 늙은이라 폄하하지 말게

가을 속에 이처럼 봄날은 있어

나는 아직도 연서를 띄우고 싶은

봄바람에 피어나는 제비꽃 나이라네

바람 속에서

자꾸만 꽃잎을
내 발 아래 깔아주시는 당신은
누구십니까?

솔바람을 섞어
내 온몸을 향기로 감싸는 당신은
누구십니까?

올해의 가장 푸른 잎을 달고
줄지어 서 있는 나무들 곁에

층층이 새하얀 꽃을 피워 들고
서 계신…

하느님! 당신이셨군요!

벌거숭이 나

고향에 가면 내 나이 아무리 많아도
언제나 혜자다
친구 어머니를 만나면 혜자 왔구나 하신다
친구 오빠를 만나면 주름진 얼굴 환하게 웃으며
혜자 왔구나, 언제 왔니? 하신다
(어떤 이는 출세하면 고향에 가지 말라고…
그곳에 가면 아직도 어린 시절 아명을 부르는
이웃집 할머니들이 너를 난처하게 할 거라 말하지만)
나는 그것이 한없이 정겹다
무거운 이름 다 벗어던지고 고향에 가면
나는 그분들 마음에 찍힌
어릴 적 철없었던 이웃집 혜자가 된다
나는 그분들 안에 오래 벌거숭이
어린 나로 남아 있고 싶다

유쾌한 해골

노점에
아무렇지도 않게 진열된
색색으로 치장된 모조 해골들
무섭고 혐오스러운데
이 나라 사람들은
해골을 팔다니?

마야인들에게 해골은
대대로 믿어온 부활의 상징
죽은 이도 특별한 날에는 저승에서 내려와
해골을 쓰고 다시 사람이 되어야 하니
그래서 해골은 필수
해골과자 해골귀고리 해골사탕…

이렇게 유쾌하게 죽음을 받아들이다니

호텔로 돌아오는 길
깜빡 잠이 들었다 깨니

카리브 해의 신비로운 물색이
석양에 빛나고 있다

멀리서 달려오는 새하얀 백사장
죽어서도 다시 오고 싶은 지구
유쾌한 해골 하나 사가지고 올 걸?
뒤늦게 후회한다

꽹과리

악기점을 지날 때마다
언제부턴가
꽹과리 하나 사고 싶다

그가
나에게 시비걸 때
그의 귀밑에 가 흥을 돋우며
그의 말을
꽹괭 꽹괭 꽹
신나게 지우고 싶다

나 마음 약해
화내며 싸우면 앓아눕고 마니

화날 일 생길 때마다
나를 향해
그를 향해
꽹괭 꽹괭 꽹

신나게 두드리며
춤추고 싶다

풍물장

옷을 껴입고 눈사람 같이 앉아있는
할머니의 좌판에 고사리가 희끗희끗 얼었다

깡통 속 화톳불이
성화처럼 타오르고

이따금 손을 녹이며
도라지를 까는 할머니의 갈퀴손이 분주하다

추위는 몰아쳐도 막바지 대목장은 붐비고
도라지 향기는 아리다

양산

가로수 밑 우산 고치는 할아버지가
가로수를 양산처럼 쓰고
푸르게 앉아 계신다
아직도 우산을 고치는 사람이 있었네
때마침 살 떨어져 기우뚱한 내 양산을 내민다
후다닥 양산이 해체되어 널브러져 있다가
익숙한 손놀림에 다시 일어선다 이윽고
장미꽃 무늬 양산을 펼쳐든
할아버지의 얼굴이 붉다
찌그러진 내 인생도
저렇게 후다닥 해체하여
후다닥 새로 만들어 활짝 펴들고
우아하게 땡볕으로 나서고 싶다

할머니의 티셔츠

손녀딸이 사다 놓고
입지 않은 티셔츠를
구순의 할머니가 입었다
티셔츠에 새겨진
I'm a girl이
축 늘어진 할머니
가슴 위에 걸렸다
그게 무슨 소리인지 모르는
할머니를 보고
손녀딸이 깔깔 웃는다
웃지마라
그 가슴에 어린 소녀가 사는 것
너는 모르지?

밥 짓는 별

겨울 해는 짧아 어둠이 급히 내리고
내 별에 불을 켜고

멀리서 달려오는 애들을
기다리며 반짝반짝 밥 짓는다

온다던 애들은 어디쯤 오나
나가 보니

하늘에서 초저녁 별들도 불을 켜고
반짝 반짝 밥 짓고 있다

이 저녁 나처럼
멀리서 오고 있을 배고픈 누구를 기다리나?

떨어지는 계절

익어가는 모든 것은
쓸쓸하다

매미 울음 그친 산길
툭 투드득 툭
커다란 떡갈나무가
여문 도토리를 밀어 땅으로
떨어뜨리는 소리

때가 오면
다 여문 나도
하느님의 손에 떠밀려
겁먹은 어린 새끼처럼
저 세상으로 떨어지겠지

가을 저녁엔
떨어지는 해도
울어서
눈이 붉다

제 **3** 부

사이가 있어

지팡이

태풍에 꺾여 내동댕이쳐진
솔가지 다듬어

아픈 다리를 의지하고 간다

지팡이 곁가지에 아직 윤기 나는
생솔가지 하나 붙어 쫄랑쫄랑 따라온다

죽은 줄 모르고
쫄랑쫄랑 따라온다

의자

겨울 공원 한 귀퉁이에
의자가 앉아 있다

앞 다투어 자리를 차지하던 사람
다 어디로 사라지고

의자만 눈보라 속에 홀로 남아있다

한때 왕이었던 의자처럼
나라 망하자 모두 뿔뿔이 떠나고

어디서 날아온
가랑잎 한 잎이 떠날 듯이 앉아 있다

먼 잠

마당귀에
앵두꽃 지던 어느 봄날이었을까

엄마를 기다리다
볕 마루 툇마루에
태아처럼 꼬부리고 잠이 들었었지
깊고도 달콤한 그 봄날의 깊은 잠
태어나기 이전이 그랬을까

제비가 빨랫줄에 앉아
갸우뚱 갸우뚱
집 지키다 잠든 어린 나를
내려다보고
코끝에 앉은 향기
가만히 나를 흔들고 있었지

내가 세상에 오기 전에 살던 곳
그 봄날의 먼 잠

쥐

바닷가 횟집 시궁창에 살던
쥐인가
떨어진 바위 틈에 숨어들어
일탈을 즐기다가
밀물에 갇히고 말았다

파도가 일 때마다
바위는 잠길 듯 말 듯
이리 뛰어가 보고
저리 뛰어가 봐도
벗어날 길이 없다

죽을 듯 살듯
파도를 뒤집어쓰는
젖은 생쥐의 꼴
사람들은 바라만 본다

누가 널 구해주겠니
넌 쥔데

겨울나무

겨울나무가

서리 옷 껴입고

따뜻하게 서 있다

봄날에는

아침에 거울에 비춰본
내 낡은 얼굴도 잊고
활짝 핀 벚꽃터널을
난 영원히 죽지 않을 것처럼
행복하게 걸어간다

겨우내
그 벌거숭이 몸 어디에 그렇게 많은
꽃들이 숨어 있었는지
가지가 휘어지도록 핀 꽃 터널 속으로
난 영원히 살 것처럼 걸어간다

아름다운 봄날에는 죽음 같은 건 없다

영원히 지지 않을 것처럼 피어나며
지는 저 꽃들처럼
언제나 여리디 여릴 것처럼
돋아나는 어린 풀들처럼

봄날의

이 감미로운 착각

사르나트에서 오줌을 누다

인도의 불교성지인
사르나트에 들린 우리 일행

여기저기 유적지 앞에 순례자들이 모여
경건하게 예배하는 곳을 지나
가이드를 따라 호젓한 곳에 자리 잡고 앉았다

인도인 가이드*의 한국어 설명에 몸을 꼬다가
"늙어지면 못 노나니" 노랫말을 흥얼거리는데

넓은 성지 저 멀리 보이는 화장실을 향해
달려가던 한 사람이 얼마 못 가
발굴하다만 유적지 귀퉁이에서 오줌을 누고 만다

이럴 수가 그 장면을 들켜버렸다
성聖이 속俗으로 반전되는 순간에 인도인 가이드가
"거기서 오줌 누면 안 돼요!"
하며 불같이 외친다

제행무상!
몸이 먼저 깨달아 버린 나이
체면도 잊은 채 박장대소하는 늙은 여인들

누군가 점잖게 한 말씀,
"이 사람아, 대자대비하신 부처님이
그걸 가지고 화내실 분인가!"

* 인도는 인도인만 가이드를 할 수 있다고 함

모두 어디서 본 듯한 얼굴

다리 아프냐?
소나무 아래 넙적 바위가 쳐다본다

덥지?
하며 솔바람이 지나가고

몰래 숨어있던 풀모기가
나야 하며, 내 피를 한 입 물고 달아난다

무너져 풀 무덤이 된 곳에 애기붓꽃이
무슨 말을 할듯 할듯 쳐다본다

동생을 수목장하고 온 이후부터는

나무도 풀꽃도 바람도
모두 어디서 본 듯한 얼굴이다

봄을 여는 것들

세상에나!
언 땅을 녹이며 제일 먼저 피어난
노루귀, 제비꽃…

여리디 여린 요 작은 꽃들로
하느님은 봄을 여셨네

어머나!
저기 못난이 오리나무 꽃!
아직 추운데 주렁주렁 매달려
공중에 봄을 여네

이 못난이에게 제일 먼저
그걸 보여주시려고 하느님은
숲으로 이끄시네

반가움에 놀란 내 눈도
하느님이 여신 동그란 봄!

범종소리

어린 가지를 밀어 올려
햇살에 닿게 하려고

종일 떠받치고 서 있던 나무 밑동에
저녁이 되어서야 붉은 해가 잠시 머물다 지고

산사에서
저녁을 알리는 범종소리가
노을 속으로 스며들어 온 숲을 안아준다

종일 더, 더 하며 뻗어가던 어린 가지들도
종일 떠받치고 있던 하루의 노역도

아늑히 품어주는 저녁 빛에 물들어
고요히 머리 숙였다

들길에서

여리디 여린 잡초가 얼어붙은 땅에서
제일 먼저 일어나 초록의 빛을 발하고

삶의 소원으로 넘치는 땅을 조심스레
내딛으며 들길로 나서면

어린 풀포기 보드랍게 깔린
논둑길 아래

하늘 속에 가득한 어린 모
구름 속에 실린 어린 모

나도 하늘 속에 구름 속에
거꾸로 선 어린 모가 된다

사이가 있어

바람이 사철나무 가지 사이로 간다
일월성신日月星辰이
사철나무 가지 사이로 가고
노을이 사철나무 가지 사이로 물든다

여름 내내 어린 순이 저마다
받쳐주는 묵은 가지
높은 사이로 뻗어오른다

한 그루 나무가 아름다운 건
한 그루 나무가 자라나
거목이 되는 것은

사이와 사이들이 있어
춤추며
일월성신日月星辰과
노을과 바람에게 길을 내주기 때문이다

눈과 비에게
길을 내주기 때문이다

억새밭에서

머리에
하얀 날개가 돋았다
마치 땅에 날개가 돋은 것 같다
동고동락했던
몸을 버릴 시간이 다가오니
몸에게 너무나 고마웠다고
인사를 드리나
날마다 머리 숙여 끝없이 절하는
저 지극한 몸짓이여
나도 저 억새처럼 내 몸에
절해야 하는 때에 이르렀음을 느낀다
한 생애를 함께 한 내 몸이여
너에게 어떻게 예의를 지키며
떠나보내야 하나 묻는다

꽃다발

산모롱이 돌아서는데

쑥부쟁이가 꽃다발 들고 있다 불쑥 내민다

오늘이 무슨 날인가?
의아해하면

바로 우리가 피어난
가장 아름다운 날이라고

그 날을 받으라고

이 아무것도 아닌
날 보고 받으라고

환히 들고 서 있다

대한大寒

나무들
알몸으로 서 있다
춥지?
하고 말을 거니
몹시 흔들린다
떨고 있는 잔가지 위로
동무하듯 일찍 알몸의 달이 떠 있다
빨갛게 얼어버린 노을도
맨 몸으로 가만히 와서 서 있다
내 체온이라도 나눌까 하여
나무를 안아본다

구름에서 내려온 푸들

밤새 눈이 내렸다
이렇게 눈이 오고 있는데
내가 오고 있는데
자꾸 나와 보라는 속삭임에
나 모르게 내 몸은 그걸 듣고
자다 깨다
밤새 뒤척였던 거다

죽어 텃밭에 묻어준
푸들이 구름에서 내려와
살구나무에 안겨 있다
새하얀 털 반짝이며
나무를 온몸으로 껴안고
눈은 반쯤 감고…

저렇게 간드러지게

강변 버드나무 위에 지은 까치네 집
오늘 같은 봄날을 보려고 그곳에 집 지었나?

파랗게 늘어진 실버들 드리우고
봄바람에 한들한들 흔들리네

오늘은 나도 거기 올라
하루만 저렇게 간드러지게 흔들리고 싶네

로또복권

서쪽 산 위에 놓인
동그란 해
그 빛 속으로 걸어가면

단풍든
황금빛 떡갈나무 숲도
새 울음도
땀에 젖은
이마에 스치는 바람결도
떨어지는 낙엽까지
모두 금싸라기

지천으로 쏟아진 금을
밟으며 돌아오는 일확천금의 저녁은

하느님이 나에게 무조건 내리시는
은총의 로또복권이 아니고 뭐겠습니까?

맑은 평화

저녁 마당을 서성이는 내 귀에
옆집 계집아이의 노랫소리 들려온다

나직하게 무심이 반복해 부르는
혀 짧은 앳된 소리
고요한 마당으로 샘물처럼 흘러든다

아무 걱정 근심 없이
노래하는 저 어린것의 맑은 평화에

흐드러지게 핀 작약 꽃이
스르르 합장을 한다

겨울 숲에서

도시에는
눈이 내리다 그쳤지만
숲에는 나무들이 새하얀 눈을
아직도 이고 있다

천천히 걸었다

나무에서
차디찬 눈이
바람이 불 때마다
사르륵 반짝반짝 쏟아진다

은빛 구름가루의
황홀한 은총을 받으며 걸었다

까마귀와 박새들과 함께

이모님의 어록

제대로 배웠으면 성우라도 되셨을
늙으신 우리 이모님

세상이 하도 빨리 변한 탓인지
머릿속은 뒤죽박죽

벙어리장갑이
멍텅구리 장갑이 되고

플라토닉 러브가
플라타너스 러브가 되고

인도의 타지마할을 보고와선
불가사의가 불가사리가 되었다

우리 이모님
옛 그 시절 로맨스에 열이 오르시면

남이섬의 방갈로가
방카씨유(벙커시유)가 되곤 한다

늙으면 말도
정든 말로 먼저 달려오나 보다

제 **4** 부

누이가 와?

햇애기냄새

울어서 눈이 무른 상제를
만나고 나오다
서둘러 벚꽃길로 나선다

방금 낳은 수천 수만 송이 쌍둥이들을
줄지어 앉고 있는
꽃길에는 햇애기냄새로 가득하다

마음껏 새 삶의 향기를 마신다
돌아간 것들이 새로 온
봄의 향기를

누이가 와?

유리창 너머로
하늘 가득 눈이 온다

낮잠에서 깬
할아버지에게 "눈이 와요" 하니

누이가 와?
하신다
눈이 온다구요

늘 업어 키웠다는
따스한 누이의 등이 갑자기 그리워졌나

하늘나라에 간 그 누이도
눈이 되어 내려와 창 앞에 앉았다 가려나보다

창 앞에 하얗게
누이가 와서 앉는다

노안老眼

벚꽃 구경 간다고 야단들 하기에
덩달아 벚꽃 보러 나선 우리 부부

꽃터널이 보이자
"아직 일러 꽃봉오리 열리지 않았다고"
옆에서 궁시렁 궁시렁…

가까이 다가가니
남녘 꽃들은 이미 끝물이고 꽃진 자리만 붉어
그게 꽃봉오리처럼 보였던 거다

노안에는 마누라도 꽃봉오리로 보이는 걸까?

젊은 날 다 날리고
이제야 구경인지 곡경인지 꽃구경 간다

노래를 부르다

의지가지 없는
그 할머니
죽음이 문 앞인데
날마다 노래를 흥얼댄다
혀는 무거워지고
기력은 빠져나가는데
아무도 부를 사람 없어
노래를 부른다
언제나 마음을 달래주는 유행가
구성지게 넘어가는 가락들
줄줄이 부르는
외로움도 저쯤 되면 해탈이다

어머니의 뜨거운 유산

빨랫줄에 널린
어머니가 남기고 간
손때 묻은 베자루에
어머니의 손길이
아직도 남아 흔들리고 있다
그리고 떠오른 생각
오이지며 김치 짜며
한 생애 밥 지으시던
어머니 생각
추운 어느 겨울날
꼭두새벽 나보다
더 먼저 일어나 밥 지어 놓아
뜨거운 밥 뜨거운 국에 말아먹고
어두운 길 나서서 첫차 타고 출장 가던 일
언제나 나를 달리게 한
어머니의 성실한 밥짓기
그 뜨거운 유산인 나의 생애를
이제야 가만히 안아본다

다섯 살 때 기억

추석 명절 쯤이었다
재목상 차를 얻어 타고
먼 길을 온
시골 할머니 댁
숙모들은
맨드라미를 뜯어 술떡에 장식하며
시루에 찌느라 분주하다
대청마루에서 할머니가
다리 저는 언니만 불러
삶은 밤을 까서 꿀에 재워 먹이고 있다
부럽게 바라보며
난 그걸 먹으면 당연히 안 되는 애
떨어져 나와
시골집 토담 아래서 아이들과 함께
술떡 찌는 내음 속에서 즐겁고 슬프다
고개 꺾인 맨드라미처럼

그런데 난 왜 이런 걸 지금까지 기억할까?

금빛시간이

병원 뜰 안에 은행나무는
온몸이 황금빛으로 단풍들어 절정이었다

여기저기 아파서 눕다가
퇴원하고, 입원하고…
뻔한 종말이 올 것을 잠시 잊고

어머니는 가을볕에 온몸을 주고
바람도 없이 흔들리는
금빛가을을 무심히 바라보셨지!

저 많은 빛깔을 감추고 살아온
초록의 거만한 시간들은 어디로 갔을까?

잠시 통증을 잊은
금빛시간이 살아서 일렁이던 가을이었다

희망을 가지고 죽읍시다

마지막 남은 잎까지 다 지고
기온이 뚝 떨어진 초겨울 저녁

술맛이 가장 좋은 때야!

삼겹살 구워 소주 한 잔 마시며
엊그제 돌아간 친구 이야기를 하다가

남편이 슬픈 눈을 하며
우리도 죽어? 하고 우문愚問한다

우리라고 안 죽어 뻔한 현답을 하다
눈시울이 붉어져 마주 바라본다

알지 못하는 곳에서 이 세상에 왔듯
못 가본 저 세상도 알 수 없는 곳이니

까짓 죽을 때 희망을 가지고 죽읍시다

자! 희망을 위하여 한 잔

창자를 타고 취해오는 짜릿한 슬픔
부부만 남겨진 쓸쓸한 밤이 아깝게 흘러간다

가벼운 이별

암 병동 창밖에는 저녁 햇살을 섞어놓은
대기 속에 가을 나무들이 따뜻하게 물들어
이따금씩 떨어진다
누군들 저 나무들처럼
저렇게 황홀하게 가을을 맞이하고 싶지 않으랴
누군들 저 나뭇잎처럼 가벼운 이별을 하고 싶지 않으랴
이별을 두려워하며 손과 코와 팔에 줄줄이
생명선을 달고 누워 절망에서 다시 희망으로
희망에서 다시 절망으로 넘나드는 지쳐버린 시간들
오고야 말 그 순간을 부정해 보지만
고통스럽게 기다리는 이별들
무슨 위로를 할 수 있나
두 손 잡아 얼마 남지 않은 그이의 생과
따뜻한 체온을 나누며
나는 가을 저 나뭇잎처럼 이승과의
가벼운 이별을 하게 해 달라고
부질없는 기도를 올리며 돌아서서
애써 눈물을 감춘다

단풍잎 잠드셨네

밤새 불안으로 뒤척이던 단풍잎
따뜻한 가을볕에 잠드셨네요

쉿! 바람님

비켜가세요
단풍님 잠 깨면 떨어집니다

한 방 된서리에
와르르 무너질 당신

추억이 너무 많아
꽃 색깔로 흠뻑 물드셨네요

한 순간을 천년처럼
포근한 볕에 안기어 주무시라고

가만가만히
당신의 붉게 물든 발치로 걸어갑니다

죽은 나무

외진 산비탈 길에서
나도 모르게 온몸을 실어
나뭇가지를 움켜잡는다

뚜두둑
나뭇가지 부러져
내동댕이쳐진 내 몸

미끄러져 내려가다
멈춘다

아찔한 한 순간
정신 차려
아픈 몸을 추스른다

힘든 때일수록 아무것에나
의지하지 말라는 것인가?

엉치뼈가 아파온다

꽃잎도 무거워라

꼬부라진 키가 작아진
아버지의 손을 잡고 나선 아들이
어린시절 그 아버지처럼
천천히 아버지의 속도에 맞춰 걷지만
등이 굽어
눈을 치켜뜨고 종종걸음 치는
아버지의 숨결은 가쁘기만 하다
어디를 가시는지
길가에
만개한 벚꽃 사이로 스며드는 햇살이
힘없이 붙었다 떨어지고
꽃잎이 무거운 듯
힘겨워 금방이라도
주저앉을 것 같다

어디가?

화장을 하는 나에게
삼식 씨가 불안한 듯
어디가?
한다
가긴 어딜가요
몰골이 하도 미워
화장해요

젊은 날은
자정 너머
들어오는 날도 하도 많아
애를 태우더니
어느덧 늙어 인생역전

문만 열어도
어디가?
묻는다
갈 곳이 어디 있습니까?

어린 시절 혼자 남겨질까 두려워
엄마에게 묻듯
불안함이 깔린 저 물음

하늘로 꺼지는 건 아니지?
라고 들린다

삼식 씨와 나의 하루

일요일 같은 나날들
붙어 앉아 이야기가 길어지면 서로 삐지곤 하니

적당한 선에서 일어나 삼식 씨 집 보게 하고 시장에 간다
이건 남편 퇴직 후 평화를 위해 터득한 나의 노하우

길가 얼었던 나뭇가지에 따스한 햇살이
마구 쏟아진다

올 것 같지 않은 봄이 오고
갈 것 같지 않은 겨울이 가는 이 허전함

나선 길에 노환의 숙모님 문병 가니
두 발로 걸어 다니는 날이 올까? 하며 눈물짓는다

박 터지게 싸우고 삐지는
우리의 날들은 얼마나 에너지 넘치나?

삼식 씨와 함께 하는 애증의 날들 또한
"지나가리라" 생각하니, 잠시 마음은 부처님!

어린 새끼들

요 말랑말랑하고
동글동글한 것들
세상 시름에 물들지 않은
티 없이 맑은 눈망울, 호기심
......
모든 것이 처음인 요것들!

하룻강아지 범 잡듯
그 야성의 본능으로
그 순수로
이 험한 세상을 헤쳐 갈
세상의 모든 어린 새끼들

나도 모르게 가슴 깊은 곳에서
기도를 올리게 하는
망가질 듯 연한
희망들!
세상에 모든 어린 새끼들

엄마의 마지막 가을

언제부턴가 뒷방으로 밀려난 우리 엄마
혼자 도둑고양이와 풀꽃과 노는 뒤뜰에
또 가을이 깊은 어느 날이었다

철 늦게 날아와 올망졸망 봉오리를 달고
막 꽃을 피우기 시작한 풀꽃 한 포기

자식들도 함께 늙어 제 몸과 제 식구 가누기 바쁘다고
점점 뜸하고 외로움만 깊어가는 아흔 네 번째 가을

몇 번을 벼르다 들린 그날
깡통을 구해 그 풀꽃을 옮겨 방에다 들여놓은 것이
아프게 찍혀 있는 마음속 사진 한 장
가끔 들여다본다

그날 저녁, 된서리가 내렸지만
어린 풀꽃은 엄마와 함께 서로를 위로하듯
며칠은 더 피어있었겠지

개살구꽃 핀 골목

천지개벽을 한 도심에
아직도 이런 골목이 남아 있다니?!

오도 가도 못하는
사람들이 살고 있을까?

차들이 숨 가쁘게 달리는 큰길 뒤편에
사람만 다니는 고집스런 좁다란 골목길이 숨어 있다

납작한 누옥 마당에 파밭이 새파랗고
낮은 담장 사잇길로 봄빛에 취한 노인이
천천히 사라지고

높은 집 틈 아래로
나란히 휘어지는 골목길 따라
개살구꽃 봄이 빛나고 있다

아기를 어르다

너를 어르다 어린 나를 어르던
수많은 손길을 이제야 느껴본다

아기의 눈을 맞추며
옹알이에 답하다가

내 모국어 속에는
이런 눈 맞춤 속에 말의 시원이 있었구나!
느껴본다

아기를 어른다
까꿍 까꿍
활짝 피어나는 아기의 웃음꽃

내 몸에도 무수히 스며들었을
이런 사랑 넘치던 광합성의 푸른 눈 맞춤

아기를 어르다 내 몸에 흐르는
나를 키우고 간 나뭇잎 같은 사랑을 느껴본다

일상 언어가 빚은 삶의 연금술

박 해 림

일상 언어가 빚은 삶의 연금술

박 해 림

(시인 · 문학박사)

　세상을 떠받치는 수많은 언어들 중 일상에서 실제로 우리들이 자주 사용하는 언어는 그다지 많지 않다. 사전에 나열된 빽빽한 단어들과 그 의미를 해석하고, 의미와 의미의 관계를 파악했다고 해서 일상 언어의 범주에 들거나 사용하고 있다고 말하긴 어렵다. 일부 반복적으로 선택된 언어들만 자신만의 언어로 소유된다. 그러나 언어를 다루는 시인의 경우는 조금 다를 것 같다. 훨씬 더 많은 기회를 갖는다. 광의의 언어를 취사선택해서 일상적이지 않은 언어의 세계를 넘나들며 작품 속으로 현실로 끌어오게 된다. 언어 이전의 감수성, 정서, 미처 언어로 표현되지 못한 이미지까지 시의 형식을 통해서 그 혜택의 범

위를 확대시키기 때문이다. 시의 형식에 의해 포획된 수많은 언어의 스펙트럼을 경험하면서 나만의 언어세계를 확장시키게 된다. 익숙한, 새로운 언어와 함께 살아야 하는 시인의 숙명이기도 할 것이다.

백혜자 시인의 경우에도 여느 시인처럼 언어에 대해 민감하다. 그러나 그의 시어들은 어렵지 않다. 순연하다. 순간적 직관적인 통찰과 사유로 시를 자유롭게 풀어놓는다. 요즘 유행하는 관념적 추상적 언어의 무질서 나열을 배제한다. 인기몰이식 난해시들처럼 언어가 가진 다양한 요소를 의도적으로 상충시키지 않는다. 이미지를 강제하거나 인위적으로 뒤틀거나 끌어오지 않는다. 예각의, 순간 포착의 힘이 강하다. 굳이 심각해하거나 의미의 중첩에 일부러 애를 쓰지 않는다는 것이다. 그의 시는 일상 언어가 그렇듯 쉽게 이해되고 설득되나 사유의 어느 한 지점을 관통하면서 격조의 깊은 울림통을 보여준다. 익숙한 시어들을 통해 아득한 삶의 행간을 선명히 확장시킨다. 따뜻한 이미지의 결합과 리듬의 감각화가 매력적이다.

시집 「저렇게 간드러지게」는 시인의 세 번째 역작이다. 삶의 연륜과 경험적 산물을 꿰뚫는 통찰이 주류를 이룬다. 대상에 대한 직관적 사유와 자연의 순연한 질서에 대한 경외, 생명에 대한 따뜻한 시선과 배려는 물론, 성찰적 사유와 인식의 알레고리를 가감 없이 보여준다. 특히 일상에서 자주 맞닥뜨리는 익숙한 대상을 결코 간과하지 않는다. 자칫 놓치기 쉬운 존재들의 본질을 발견하는 순간 애틋한 정조를 촉발시킨다. 시인 특유의 서정과 정서적 온기가 짧은 시의 행간에 가득 고여있다.

1. 발견, 체온 나누기

발견이란 낯선 것보다 익숙한 대상에서 비롯된다. 현재성이 강한 시점, 시인의 마음이 잠시 호흡을 고를 때 한순간에 그것은 찾아온다. 대상은 자아 외부에 있는 게 아니라 자아 내부에 있다는 것, 자아에서 벗어나 있는 사물 자체는 없다고 한 피히테의 말처럼 이미 우리의 내부에 내재된 인식의 주체가 외부의 대상을 만나면서 전혀 다른 주체가 발견되어진다는 의미를 갖는다.

오르막 산길
떡 버티고 앉아 있는 바위 틈새로
언제 뿌리를 내렸나
진달래꽃이 피어 한들댄다

맨주먹으로
견고한 틈새시장을 뚫고 자리 잡은

순이네

옷가게 같다

— 「틈새시장」 전문

시인은 봄의 전령인 진달래에 주목한다. 산길을 오르내리면서 제대로 봄을 만났다. 자연의 질서에 내맡겨진 생은 식물로 인간으로 흔들린다. '오르막 산길'에서 만난 진달래는 강인한 생명성을 대표한다. 견고한 '바위 틈새'에 가지를 뻗어 꽃을 피워낸 기특함이 시인의 발길을 멈추게 한 것이다. 한없이 여린 연분홍 꽃잎은 거친 바람에 으스러질 듯 약하게 보인다. 하지만 추위와 함께 봄을 알려야 하는 소명이 있기에 의젓하다. 움츠러드는 법도 없고 당당하기까지 하다. '맨주먹으로/견고한 틈새시장을 뚫고 자리 잡은//순이네 옷가게'이다. 추위에 발갛게 언 것 같은 진달래, 꽃샘추위에 진달래는 왜 춥지 않겠는가! 꼿꼿한 삶의 온기를 거기서 발견한다.

새들은 단 한 벌의 옷으로

한 생애를 아름답게 날아다니는구나!

— 「새」 전문

발아래

각시둥굴레 피고

새싹 돋은 싸리나무 가지 속

죽은 가지에도

한 잎 초록 잎이 돋아

살아 있나

들여다보니

연둣빛 납작한 벌레 한 마리

찰싹 붙어있어

초록이파리 같다

빙긋이 웃으며 속아준다

나의 숱한 위장도

그냥 속아준 하느님

감사합니다

— 「보호색」 전문

    두 연의 짧은 앞의 시 「새」는 직관적 사유가 돋보이는 뛰어
난 시이다. 한 줄짜리 시 일본의 하이쿠를 연상시킨다. ' 이 덧
없는 세상에서/저 작은 새조차도/집을 짓는구나(이싸)' 의 하이
쿠처럼 온갖 치장과 축적으로 살아야만 잘 살 수 있다는 현실

을 비웃는다. 행복이란 결코 물질로 말해질 수 없다는 것에 대한 경종처럼. 삶의 연륜이 투사해낸 경험적 산물일 것이다. '홀로 가는 이슥한 가을 길이/어찌 그리 환하십니까(달」' 역시 그러하다. 외롭고 고독한 처지인 '달'은 전혀 자신의 속을 보이지 않는다. '겨울나무가//서리옷 껴입고//따뜻하게 서 있다(「겨울나무」)와 함께 환하게 어두운 세상을 밝히는 것을 시인은 놓치지 않는다. 시 「보호색」 역시 발견의 연속이다. 치열한 삶의 현장에 놓인 벌레는 '보호색'을 띠지 않으면 안 된다. 새 생명으로 넘치는 봄에 존재를 드러내고 활짝 피어야 하는 것은 꽃만이 아니다. 벌레 역시 존재를 드러내야 한다. 그런데 자세히 보니 그 벌레가 바로 시인 자신이다. '연둣빛 납작한 벌레 한 마리/찰싹 붙어있어/초록이파리 같다/빙긋이 웃으며 속아준다' 치열한 삶의 현장에서 살아남아야 하는 우리이다. '나의 숱한 위장도/그냥 속아준 하느님/감사합니다' 하며 겸손히 몸을 낮춘다.

주인이 버린 비루먹은
유기견 한 마리가 나를 따라 온다
어둑어둑한 외진 길이 난감한지 바싹 붙어서
(중략)
슬픈 눈을 하고 간절히 올려다본다
이따금 오줌을 찔끔거리며 따라온다

어디서 본 듯한
그 간절한 눈빛이며 순진한 믿음

오래 전 믿었던 너에게 버림받은
내 몰골이 저랬었나?

— 「유기견」부분

나무들
알몸으로 서 있다
춥지?
하고 말을 거니
몹시 흔들린다
떨고 있는 잔가지 위로
동무하듯 일찍 알몸의 달이 떠 있다
빨갛게 얼어버린 노을도
맨 몸으로 가만히 와서 서 있다
내 체온이라도 나눌까하여
나무를 안아본다

— 「대한大寒」 전문

언제 어디서나 한 번은 만났을 법한 유기의 현장. 시 「유기견」은 인간의 손을 탔으므로 혼자서는 자립할 수 없는 개의 운명을 보여준다. 늘 선택의 기로에 서 있다. 처절함의 현장은 '간절한 눈빛'으로 발현된다. '이따금 오줌을 찔끔거리며 따라온다/어디서 본 듯한/그 간절한 눈빛이며 순진한 믿음'은 외면할 수 없는 모습이다. 외면당한 현실에 내쳐진 인간의 투사다. 그러기에 '오래전 믿었던 너에게 버림받은/ 내 몰골이 저랬었나?' 하며 자신을 되돌아보게 된다. 생명의 존귀함을 발견하는데 있어 대상이 누구든 개의치 않는다. 이는 시인의 깊고 따뜻한 배려와 성찰에서 기인된다. 시 「대한大寒」은 한 발 더 나아가 추위에 내던져진 식물을 껴안는 행위로 나아간다. '나무들/알몸으로 서 있다/춥지?/하고 말을 거니/몹시 흔들린다'를 감각한다. 기실 바람에 흔들렸을 터인데 시인은 대답으로 들린다. '알몸의 달'이라든가, '빨갛게 얼어버린 노을' 의인화된 이들을 바라보는 시선 역시 나눔의 정신과 깊은 배려의 반향을 확인한다. '내 체온이라도 나눌까 하여/나무를 안아본다'가 그러하다.

바람이 사철나무 가지 사이로 간다
일월성신日月星辰이
사철나무 가지 사이로 가고
노을이 사철나무 가지 사이로 물든다
(중략)

한 그루 나무가 아름다운 건
한 그루 나무가 자라나
거목이 되는 것은

사이와 사이들이 있어
춤추며
일월성신日月星辰과
노을과 바람에게 길을 내주기 때문이다

눈과 비에게
길을 내주기 때문이다

— 「사이가 있어」부분

　　모든 사물은 밀착되어 있다. 군락을 이루며 유전자를 보존한
다. 생명의 집착이다. 자연은 저마다 일정한 질서를 통해 생명
의 영원을 꿈꾼다. 시인의 예각은 생명을 담보로 한다. 밀착된
생명들의 틈을 발견한다. 그 틈은 다분히 인위적으로 인식된
다. '바람'과 '일월성신日月星辰'이 사철나무 가지 사이로 길을
트면 '노을'이 비로소 제 모습을 드러낸다. 그럴 때 나뭇가지
의 생명은 뻗쳐오른다. 반복의 행위들을 통해 식물의 생명은 건
강한 기운을 받고 확장된다. '한 그루 나무가 아름다운 건/한
그루 나무가 자라나/ 거목이 되는 것은' 이들 생명의 빛남은 순
전히 나뭇가지들만이 가지는 '사이'가 있기 때문이다. '바람'

과 '일월성신日月星辰' 또한 '노을'이 머물고 지나갈 수 있도록 길을 내어주었고, '눈과 비'에게도 길을 허락했기 때문이다. 이 작은 배려가, 세상 모든 생명의 기운을 넘치게 하고 뻗어나가게 한다는 것을 시인은 예리하게 포착한다. 작고 미세한 떨림, 아주 작은 파동하나로 시작된 생명의 기운은 우주로 확장된다.

　'무너져 풀 무덤이 된 곳에 애기붓꽃이/무슨 말을 할듯할듯 쳐다본다/동생을 수목장하고 온 이후부터는/나무도 풀꽃도 바람도/모두 어디서 본 듯한 얼굴이다(「모두 어디서 본 듯한 얼굴」부분)과 「먼 잠」,「가벼운 이별」은 '하늘 중턱에 걸터앉아/땅을 내려다보니(중략)누가 저리도 가볍게 날아가고 있을까/연기 사라지는 화장터 능선에(중략)한줄기 연기로/바람에 묻히고 있다(「바람에 묻히다」부분)와 함께 생명에 대한 허무는 고요하다 못해 침묵에 가깝다는 것을 보여준다. 시 「상고대」에서처럼. '적막이 감도는 유택을 에둘러/혹한이 몰아친 뒷산'에서 어디론가 사라져버린 싱싱한 생명의 향방을 찾는다. 그러나 '내 숨결이 날아가 따뜻하게 닿을 때마다/은빛날개를 팔락'이는 동작을 통해 다시 생명의 환희를 발견하고 있다.

2. 유쾌함, 직관적 사유 엿보기

‘서정시란 대상의 재현이 아니라 자기표현(self-expression)’
이라고 한 낭만주의의 표현론은 시인의 주관적 경험, 즉 내적
세계의 표현이며 서정을 드러내는 방식은 각기 조금씩 다를지
라도 ‘자신의 이미지들’을 드러내는 것으로 확인한다. ‘순간성
과 압축성’이 서정시의 절대적 조건이 아닐지라도 시인이 갖는
시선의 깊이와 울림은 절대적일 수 있다. 일상의 경험은 그것을
어떻게 내재화하는가에 따라 절대적인 자기표현을 궁구할 수
있다는 말이다. 평범한 일상의 단면을 자르고 나온 짙은 서정
의 향기. 그것은 오랜 시간 축적된 시인의 진정성이 낳은 결과
이다.

　　천지개벽을 한 도심에
　　아직도 이런 골목이 남아 있다니?!

　　오도 가도 못하는
　　사람들이 살고 있을까?

　　차들이 숨 가쁘게 달리는 큰길 뒤편에
　　사람만 다니는 고집스런 좁다란 골목길이 숨어 있다

　　납작한 누옥 마당에 파밭이 새파랗고
　　낮은 담장 사잇길로 봄빛에 취한 노인이

천천히 사라지고

높은 집 틈 아래로
나란히 휘어지는 골목길 따라
개살구꽃 봄이 빛나고 있다

　—「개살구꽃 핀 골목」 전문

　한편의 풍경화 같은, 빛바랜 사진 같은, 기억 속의 한 장면 같
은 모습을 시인은 포착한다. 보이지 않는 시간을 조롱하듯 자
본주의의 발 빠른 행보는 세상을 뒤집어버렸다. '천지개벽을
한 도심'이라는 표현은 누구나 공감하는 이 시대의 발전상이
면서 부정의 단면이다. 낡고 오래된 것은 무엇이든 부수고 파
헤치고 뒤엎어야 새로운 것을 창출할 수 있다고 믿는 신자본주
의의 조급하고 천박한 발상에 아직 100년도 되지 않은 이 땅의
사람 사는 동네의 모습을 조롱한다. 시인은 그것을 뼈아프게
발견한다. '아직도 이런 골목이 남아있다니?!' 하며 '오도 가도
못하/사람들이 살고 있을까?' 라는 의구심을 갖는다. 그곳은
'낮은 담장 사잇길로 봄빛에 취한 노인이/천천히 사라지는' 곳
이면서 '개살구꽃 봄이 빛나'는 생명의 공간, 환한 희망의 공
간이다. 조만간에 이곳마저 헐리면 우리의 기억속에서도 사라
지고 말, 아직 잊히기는 아쉬운, 꿈을 상실한 현대인의 뒷면을

다독일 수 있는 그러한 시간과 공간을 박탈당할지 모른다.

　　유리창 너머로
　　하늘 가득 눈이 온다

　　낮잠에서 깬
　　할아버지에게 "눈이 와요"하니

　　누이가 와?
　　하신다
　　눈이 온다구요

　　늘 업어 키웠다는
　　따스한 누이의 등이 갑자기 그리워졌나

　　하늘나라에 간 그 누이도
　　눈이 되어 내려와 창 앞에 앉았다 가려나보다

　　창 앞에 하얗게
　　누이가 와서 앉는다

　　　　　　　　—「누이가 와?」 전문

이 시는 가볍고도 깊으며, 무겁고도 유쾌하다. 슬쩍 흘려버릴 수도 있는 상황과 언어와 감각이 순간 교차한다. 시인은 이때를 놓치지 않는다. 낯익은 것과 낯선 것의 환치를 이룬다. '유리창 너머로/하늘 가득 눈이 온다//낮잠에서 깬/할아버지에게 "눈이 와요" 하니//누이가 와/하신다' 우리말 언어의 표면적 유사성이 빚은 단순한 오차에서 시인의 그물망이 작동한다. '눈이' '누이가' 되는 발음의 단순한 오차. 자칫 흘려버리게 될 때 시인의 예각은 빛난다. '늘 업어 키웠다는' 할아버지의 누이, '창 앞에 하얗게/누이가 와서 앉' 는 풍경을 상상해보라. 이 밝고 유쾌한 광경은 다음의 시 「지팡이」, 「노래를 부르다」에서도 만날 수 있다.

태풍에 꺾여 내동댕이쳐진
솔가지 다듬어

아픈 다리를 의지하고 간다

지팡이 곁가지에 아직 윤기 나는
생솔가지 하나 붙어 쫄랑쫄랑 따라온다

죽은 줄 모르고
쫄랑쫄랑 따라온다

의지가지없는
그 할머니
죽음이 문 앞인데
날마다 노래를 흥얼댄다
혀는 무거워지고
기력은 빠져나가는데
아무도 부를 사람 없어
노래를 부른다
언제나 마음을 달래주는 유행가
구성지게 넘어가는 가락들
줄줄이 부르는
외로움도 저쯤 되면 해탈이다

—「노래를 부르다」 전문

한 역할을 다하고 다음 역할이 주어질 때 변모는 전제된다. 시 「지팡이」가 그렇다. 이전의 모습과 이후의 모습은 다르다. 본질이 달라진 것은 아닐진대 전혀 다른 본질의 모습을 발현시킨다. 독자적의 모습, 나무였을 때의 '솔가지'는 태풍이라는 매개에 의해 '지팡이'로 변신한다. 시적 자아는 이 솔가지가 아픈

다리의 버팀목이 되어주기를 희망한다. 이미 나무를 떠난 죽은 생명이므로 아무런 가책이 필요 없다. 그런데 '죽은 줄 모르고/쫄랑쫄랑 따라' 오는 것을 본다. 그러므로 죽었으되 살아있는 이 미물은 유쾌한 존재가 된다. 시 「노래를 부르다」 역시 비슷하다. '죽음이 문 앞인데/날마다 노래를 흥얼댄다' 라든가, '아무도 부를 사람 없어/노래를 부른다'가 빚는 슬프고도 외로운, 극명의 상황은 어떤 설명이 필요하지 않다. 희망이 없는 상황이 빚어낸 슬픔은 더 이상 슬픔이 되지 못한다. 이미 한 번 죽었지만 되살아난 '지팡이'처럼 극한 슬픔은 벽을 넘어 되살아난다. '해탈'이다. 삶을 통제하는 것은 슬픔이거나 죽음이 아니다. 그 너머의 것이다. 시인은 이것을 잘 알고 있다.

악기점을 지날 때마다
언제부턴가
꽹과리 하나 사고 싶다

그가
나에게 시비걸 때
그의 귀밑에가 흥을 돋우며
그의 말을
꽹꽹 꽹꽹 꽹
신나게 지우고 싶다

나 마음 약해

화내며 싸우면 앓아눕고 마니

화날 일 생길 때마다

나를 향해

그를 향해

꽹꽹 꽹꽹 꽹

신나게 두드리며

춤추고 싶다

— 「꽹과리」 전문

  유쾌한 상황을 자세히 들여다보면 사실 유쾌하지 않다. 더 슬플 수 없거나 더 힘들기 싫어서, 그러니까 미학적 장치로서의 연출이다. '악기점을 지날 때마다/언제부턴가/꽹과리 하나 사고 싶다'는 시적 자아의 고백은 매우 적극적이다. '그'라는 대상 때문이다. '나에게 시비 걸 때', '화날 일 생길 때' '그의 귀밑에 가 흥을 돋구며/그의 말을/꽹꽹 꽹꽹 꽹/신나게 지우고 싶다'라고 반어적으로 감정을, 심정을 토로한다. '신나게 지우고 싶'지만 사실 '시비'에 대한 반격이다. 꽹과리가 가진 커다란 소리, 즉 리듬을 잘 타면 음악이 되지만 마구 두드리면 굉음, 소음으로 변하는 악기의 특징을 활용한다. 이 얼마나 유쾌한 시인가. 시적 자아는 상대만을 향해 꽹과리를 두드리지 않는다. '나'와 '그'를 향해 동시에 두드린다. 그것도 '신나게 두드리며/춤추'면서. 그래야 살 수 있을 테니까. 하지만 이 시는 어디까지나 희망사항을 말했을 뿐이다. '나 마음 약해'라는 고백처럼 실천하지 못한다.

노점에
아무렇지도 않게 진열된
색색으로 치장된 모조 해골들
(중략)
해골을 팔다니?

마야인들에게 해골은
대대로 믿어온 부활의 상징
(중략)
해골과자 해골귀고리 해골사탕…

이렇게 유쾌하게 죽음을 받아들이다니
(중략)

멀리서 달려오는 새하얀 백사장
죽어서도 다시 오고 싶은 지구
유쾌한 해골 하나 사가지고 올 걸?
뒤늦게 후회한다

—「유쾌한 해골」부분

　이 시는 '해골'이라는 부정적 시어의 상황에 놓인 시적 자아의 모습을 보여준다. '색색으로 치장된 모조 해골들'을 본 시적 자아는 혐오스러움을 느낀다. 문제는 이 모든 해골들을 판다는 데 있으며 그 내용물들이 단지 액세서리에 국한되지 않고 '해골과자 해골귀고리 해골사탕…'에 이르러 있음을 보고 경악한다. 이미 우리의 관습에서 고정관념화 된 해골은 죽음 이후의 상태, 즉 공포의 상징이다. 멕시코 여행에서 만난 해골은 가히 충격적이다. 하지만 '카리브해의 신비로운 물색'과 '석양'을 만난 후, 이승의 모든 삶이 경이롭고 '죽어서도 다시 오고 싶은' 곳으로 생각이 바뀐다. 이는 '대대로 믿어온 부활의 상징'으로 여긴 마야인들의 삶의 방식이 현세의 어려움을 이기는 힘인 것을 알았기 때문이다. '유쾌한 해골 하나 사가지고 올 걸?' 하며 죽음 너머의 부활을 만나고 싶은 시적 자아의 후회조차 오히려 유쾌하다.

　시 「봄에게 실연당하다」「당신 잊지마」「벌거숭이 나」「봄날에는」에서 만난 상승과 하강의 곡선은 꼭 유쾌한 것만 아니다. 봄은 생성의 기운을 뻗치는데 정작 '나'는 아프기 때문이다. '솜털날개를 단 풀씨'처럼 그 속에서 '썩어 진토 된 나'를 다시 기억해주기를 바란다. 그런가 하면 '내 나이 아무리 많아도'

고향에 가면 여전히 어린 날의 '혜자'로 기억해주는 부활의 기억이 있다. 이는 벌거벗은 나무가 봄날에 피워내는 '그 벌거숭이 어디에 그렇게 많은/꽃들이 숨어 있었'는가에 대한 생명의 경이와 연결된다. 부활은 삶의 곳곳에 경이롭게 피어난다.

3. 성찰과 사랑의 미학

숲에서 누가 휘파람 분다

산모롱이 돌아
큰 나무 뒤에 숨어도
휘파람 소리 따라 온다

너
내 소녀시대
나를 꼬드기러 따라오던
그 소년처럼
산전수전 다 겪고
마침내 아무도 보고 싶지 않은데

왜 자꾸 부르니?

—「휘파람새」 전문

어느 날부터 '나'는 잊힌 존재가 된다. 그나마 잊힌 존재라는 것을 깨닫는 데도 많은 시간이 필요하다. '나'였다가 누구의 엄마, 아내, 동생, 딸로 불리면서 서서히 잊히는 것이다. 그런데 '숲에서 누가 휘파람 분다//산모롱이 돌아/큰 나무 뒤에 숨어도/휘파람 소리 따라 온'다. 그 휘파람 소리는 '나'의 존재를 일깨워주는 존재이다. 하지만 반가움도 잠시, '산전수전 다 겪고/마침내 아무도 보고 싶지 않은' 지금에 이르러 '왜 자꾸 부르니?' 하며 타박을 한다. 지금 이 순간, '나'는 과연 누구일까. 누군가 나를 불러주기를, 나의 삶을 들여다봐 주기를, 내 존재를 확인해주기를 '나'는 기다린다.

가로수 밑 우산 고치는 할아버지가
가로수를 양산처럼 쓰고
푸르게 앉아 계신다
아직도 우산을 고치는 사람이 있었네
때마침 살 떨어져 기우뚱한 내 양산을 내민다
후다닥 양산이 해체되어 널브러져 있다가
익숙한 손놀림에 다시 일어선다 이윽고
장미꽃 무늬 양산을 펼쳐든
할아버지의 얼굴이 붉다
찌그러진 내 인생도
저렇게 후다닥 해체하여

후다닥 새로 만들어 활짝 펴들고
우아하게 땡볕으로 나서고 싶다

　　　　　　　　　—「양산」 전문

　양산을 고치는 할아버지를 반가워하는 시적 자아의 모습이
경쾌하다. '아직도 우산을 고치는 사람이 있었네' 하며 반가워
한다. 양산을 고치는 일은 부러진 양산의 살이 활짝 펴지는 것
의 신기함을 넘어 재활된 삶의 의지를 만난 것처럼 힘을 얻는
일이기 때문이다. 양산 고치는 이는 과거의 산물이다. 물자가
흔해지면서 거의 사라졌다. '찌그러진 내 인생도/저렇게 후다닥
해체하여/후다닥 새로 만들어 활짝 펴들고/우아하게 땡볕으로
나서고 싶' 다. 양산을 고쳐야만 가능한 일이 아닌가. 새것으로
교체하는 것과는 비교할 수 없는 가치와 의미를 부여받는다.
아래의 시「새끼발가락」은 다시 내적 성찰을 불러온다.

　새끼발가락이 부러져
　치료받고 오는 길

　문 앞 그늘에서
　다리 아프니, 하고 의자가 올려다본다

아파봐야 깨닫는 것
아쉬울 때만 찾는 것

내 무관심 속에 나를 떠받들고
있는 것 너무 많구나

낡고 닳아진 의자에 앉아
내 몸 끝 마디도 같은 새끼발가락을 본다

마취에서 깨어나자
발가락이 아픈데 온몸이 쑤신다

— 「새끼발가락」 전문

　삶의 일부가 되어버린 타성, 그 타성에 의해 자신을 재발견하
는 과정은 오히려 숙연하다. '문 앞 그늘에서 다리 아프니, 하
고 의자가 올려다' 볼 때 자신과 대면하고 있는 또 다른 자아
를 확인한다. 위로가 필요할 때 그 대상이 상처받은 나를 떠받
치고 있는 도구인 것이 오히려 마음 편하다. 아무 조건 없이, 얽
매임 없이 나를 '떠받들고 있는' 의자와 그 의자 위의 '나'는
평생을 함께 해 왔다. '아파봐야 깨닫는 것/아쉬울 때만 찾는
것'은 '새끼발가락'이었다는 것을 이 시는 말하고 있지만 정
작 '무관심'을 말하고 싶다. 무관심 속에 내쳐진 수많은 것들

을 통해 발견된 '떠받들고 있는 것들'의 존재를 말한다. 육지의 최남단의 제주도, 섬 속의 섬인 '마라도' 같은 존재인 새끼 발가락의 골절이 가져다 준 소중한 것은 내 삶에서 무관심과 동일시된 대상이라는 것을 알 수 있다.

　　　내가 제일 "예뻐하는 이 사람"이라고
　　　나를 소개하는 당신의 말이

　　　종일 나를 예쁘게 합니다

　　　청색 아지랑이처럼 아른아른
　　　나를 휘감아

　　　내가 보아도 예쁘지 않은 내가
　　　종일 예뻐 보인 하루입니다

　　　　　　　　　　　　　—「그 말 한 마디」 전문

　사랑이란 사랑이라고 말하는 순간 내게 머문다. 상승의 기운이 따뜻한 단어를 통해 마음으로 옮겨간다. '내가 제일 "예뻐하는 이 사람"이라고/나를 소개하는 당신의 말'은 세상 그 어떤 선물보다 크고 넓은 면적을 가졌다. 뿐만 아니다. '종일 나를 예쁘게' 하는 힘을 지녔다. 그 어떤 강한 힘이 이토록 큰 힘을 발휘할까. '그 말 한마디'가 주는, 두 마디도 아닌 단 한 마디가 이토록 강하다. 그것은 시 「할머니의 티셔츠」에서 '손녀딸이 사다 놓고/입지 않는 티셔츠'에 새겨진 'I'm a girl'로 이어진다' '축 늘어진 할머니/가슴 위에 걸'린 한 문장이 한 마디로 축약되어 긍정의, 상승의 기운을 끌어올린다. 생의 활기란 다시 보는 데 있다. 되돌아보는 데 있다. 성찰의 힘에 있다.

부모에 대한 애틋함은 시 「꽃잎도 무거워라」, 「엄마의 마지막 가을」, 「어머니의 뜨거운 유산」, 「아기를 어르다」, 「금빛 시간이」가 있다. 이 시편들은 젊었을 때보다 어느 정도의 연륜이 쌓일 때 힘을 갖는다. 부모가 무엇인지, 부모의 무게는 어떠한지를 비로소 깨닫는 시간은 참으로 오랜 시간이 요구된다. 사소한 풀꽃에서, 은행나무, 손 때 묻은 베자루, 꽃잎 ' 등의 자연친화적인 대상을 통해 삶을 통찰하는 순간은 복되다. 시 「나무박물관에서」의 '끝없이 흐르고 있지만/들리지 않는 깊은 침묵의 노래'처럼 가슴에 잔잔한 파동을 갖는 결코 지지 않는 사랑을 일깨운다.

4. 생명, 환희 그 봄날의 메시지

계절이 새로운 옷을 갈아입고 올 때 우리는 내 앞의 생을 새롭게 맞이한다. 아니, 새삼 '자기 앞의 생'을 깨닫는다. 대상을 통해 발견된 '생명'은 확인하는 순간 최고조에 이른다. 봄날, 앙상한 나뭇가지에서 발견된 작디작은 봉오리들, 그 봉오리를 힘차게 열고 꽃잎을 밀어올린 여리고 강한 힘을 발견할 때 환희는 말할 수 없다. 활짝 핀 꽃의 향연과 사방에 퍼져나가는 향긋한 봄 향기는 생명의 기운을 북돋운다.

겨우내 천신보살님 댁 쓸쓸한 마당에
목련꽃 가득 피었다
(중략)

"마쿠툽"
(중략)

복채도 없이 그 안을 들여다보다 마음 환해져
지나가는 오늘 받아든 운세는 새하얀 목련꽃

— 「점집의 목련」부분

강변 버드나무 위에 지은 까치네 집
오늘 같은 봄날을 보려고 그곳에 집 지었나?

파랗게 늘어진 실버들 드리우고
봄바람에 한들한들 흔들리네

오늘은 나도 거기 올라
하루만 저렇게 간드러지게 흔들리고 싶네

　　　　　　—「저렇게 간드러지게」 전문

　주택가에 자리한 '천신보살님 댁'에 목련꽃이 활짝 피었다.
그 보살 댁의 목련꽃은 종교 이전의 생명의 메시지다. 그래서
더 '영험'하다. 사람이 드나드는 흔적이 별로 없어 보이는 '쓸
쓸한 마당'에 핀 꽃이다. *마쿠툽: 이미 씌어 있는 말'의 각
주처럼 아무나, 누구나, 그 어떤 망설임도 없이 생명을 나눠받
는 공간이다. 망설이지 않은 생명의 환희는 「저렇게 간드러지
게」에서 절정을 보인다. '강변 버드나무 위에 지은 까치네 집'
은 흔한 풍경이다. 그러나 시인의 눈에는 의외이다. '오늘 같은
봄날을 보려고 그곳에 집 지었나?' 한다. 여기서 '오늘 같은 봄
날'이 함의하는 것은 봄날이 만들어낸 작품들이다. '파랗게 늘
어진 실버들 드리우고/봄바람에 한들한들 흔들'리는 것이다.
그 어떤 가벼운 것도 무거운 것도 그저 한들한들 흔들 수 있는
자연이 빚은 힘찬 생명의 경이는 '하루만 저렇게 간드러지게
흔들리고 싶'은 소망을 만들어낸다. 산다는 것은 이토록 행복

한 일이다.

　　직박구리들이
　　우리 집 정원으로 출근하셨다

　　리모델링해 둔 오얏나무 사무실이
　　떠들썩하다
　　(중략)

　　아침 햇살이
　　마술가루처럼 쏟아져 내린다
　　(중략)

　　직박구리 나무에 앉아
　　파릇한 봄을 지저귀며, 펄럭이는

　　저 활기로 지불하는
　　만족한 임대료!

　　　　　　　　　—「만족한 임대료」부분

이 시는 맑고 밝음이 무엇인지, 그 가치가 어떤 희망의 메시지를 주는지를 잘 보여주고 있다. '직박구리들'이 오얏나무 사무실에 출근해서 하루 종일 '삐이오, 삐이요, 삐' 하며 저들끼리 회의를 한다고 설정했다. 그러하므로 이들은 임대료를 내지 않고 있음을 장난기 가득한 시인의 예각은 알아챈다. 그러나 저들이 내어주는 것은 돈으로 환산하기 어렵다. 부피나 질량에 있어서 더욱 그렇다. 정원 가득, 내 삶 가득 활기차게 펼쳐진 '아침 햇살'과 지저귀는 새 소리와 '오얏나무의 꽃망울', 이들 모두에서 발산되는 '파릇한 봄'은 모두가 거저 아닌가. 그러니 '나'도 거저 주어야 한다. 그래도 핑계는 대어야 하니 '만족한 임대료!'로 명명할 수밖에 없다. 활기차고 희망찬 메시지는 아래의 시 「로또복권」에서 더욱 두드러진다.

서쪽 산 위에 놓인
동그란 해
그 빛 속으로 걸어가면
(중략)

지천으로 쏟아진 금을
밟으며 돌아오는 일확천금의 저녁은

하느님이 나에게 무조건 내리시는
은총의 로또복권이 아니고 뭐겠습니까?

—「로또복권」부분

산모롱이 돌아서는데

쑥부쟁이가 꽃다발 들고 있다 불쑥 내민다

오늘이 무슨 날인가?
의아해하면

바로 우리가 피어난
가장 아름다운 날이라고

그 날을 받으라고

이 아무것도 아닌
날 보고 받으라고

환히 들고 서 있다

—「꽃다발」 전문

　하루해가 지는 때 황금빛으로 쏟아지는 저녁노을은 '하느
님의 은총'이다. 시인은 그것을 「로또복권」이라 말한다. 일정

한 작은 금액을 투자해서 뜻밖의 횡재, 거저 굴러들어오는 것을 이른바 「로또복권」이라 한다. 대부분의 사람들이 갈망하는 것이기도 하다. 소수의 투자로 어마어마한 부를 되받을 수 있다는 것 자체가 성립되기 어려운 일이라 '일확천금'이 된다. 겸허한 자세로 하루해를 마감하는 시인의 자세를 마주할 수 있는 이 시는 희망과 긍정의 대단원을 장식한다. '지천으로 쏟아진 금'은 '하느님이 나에게 무조건 내리시는/은총의 로또복권이 아니고 뭐겠습니까' 한다. 대자연을 통해서 하느님의 존재를 재확인하는 모습은 아름답다.

시 「꽃다발」 역시 그 연장으로 보인다. 자연의 경이는 '바로 오늘이 우리가 피어난/가장 아름다운 날'임을 일깨워준다. 그 아름다운 날은 '이 아무것도 아닌/날 보고 받으라고' 하며 자신의 존재를 더욱 낮추게 만든다. 지구에 공존하고 있는 생명이란 다 경이의 대상이라고 말하고 싶은 시인의 생명사상까지 엿보게 한다.

시 「무슨 소릴까?」, 「어린새끼들」, 「햇애기냄새」, 「고소한 봄」, 「느티나무」 등 역시 식물에서 생명의 환희와 경이를 보여주고 있다. 자연에 속한 생명들의 숨소리를 행여 놓칠까 저어된 시인의 발걸음은 분주하다. 주변 어디를 둘러봐도 제 자리를 지키고 있는 익숙하면서도 낯선 존재들. 특히 일상적 범주를 벗어나지 않는 이들이 시적 소재로서도 충분하다는 것을 이 시집은 보여주고 있다. 갈수록 요설화하고 있는 요즘의 시 풍토

를 가볍게 일축하는 백혜자의 시편들은 일상 언어의 장점과 직
관적 사유의 웅숭깊은 맛에 있다 하겠다. 이 시편들로 앞으로
의 삶이 더욱 반짝반짝 윤이 날 것 같다.

시와소금 시인선 057

저렇게 간드러지게

ⓒ백혜자, 2017, printed in Seoul, Korea

1판 1쇄 발행 2017년 02월 20일

지은이 백혜자
펴낸이 임세한
디자인 유재미 정지은
펴낸곳 시와소금
등록번호 제424호
등록일자 2014년 1월 28일
발행 강원 춘천시 충혼길20번길 4, 1층 (우-24436)
편집 서울 송파구 백제고분로45길 15, 302호(홍주빌딩)
FAX 겸용 (033) 251-1195, 010-5211-1195
계좌 국민은행 231401-04-145670
이메일 sisogum@hanmail.net

ISBN 979-11-86550-35-9   03810

값 10,000원